GUÍA DE LECTURA

Escrita por Catherine Nelissen
Traducida por Tamara Montes Blanco

La náusea

de Jean-Paul Sartre

Entiende fácilmente la literatura con

ResumenExpress.com

www.resumenexpress.com

JEAN-PAUL SARTRE 1

Escritor y filósofo francés

LA NÁUSEA 2

La novela del existencialismo

RESUMEN 3

ESTUDIO DE LOS PERSONAJES 6

Antoine Roquentin

El autodidacto

Anny

CLAVES DE LECTURA 9

La existencia precede la esencia

Una toma de consciencia horrible: metamorfosis y descomposición

PISTAS PARA LA REFLEXIÓN 13

Algunas preguntas para profundizar en su reflexión…

PARA IR MÁS ALLÁ 16

JEAN-PAUL SARTRE

ESCRITOR Y FILÓSOFO FRANCÉS

- **Nacido en 1905 en París (Francia)**
- **Fallecido en 1980 en la misma ciudad**
- **Algunas de sus obras:**
    - *La náusea* (1938), novela
    - *El existencialismo es un humanismo* (1946), ensayo filosófico
    - *A puerta cerrada* (1944), obra de teatro

Jean-Paul Sartre es un escritor y filósofo francés nacido en 1905 en París y fallecido en 1980. Célebre y repudiado al mismo tiempo por sus ideas existencialistas, es autor de varios ensayos como *El ser y la nada* (1943) o *El existencialismo es un humanismo* (1946). También escribió numerosos textos literarios en los que se despliegan con gran fuerza su filosofía y su definición de la literatura: *La náusea*, novela publicada en 1938, *Las moscas*, obra de teatro que ve la luz en 1943 y también *A puerta cerrada*, editada en 1944. En 1964 rechaza el Premio Nobel de Literatura y publica *Las palabras*, una autobiografía sobre su infancia. También conocido por ser compañero sentimental de Simone de Beauvoir (escritora francesa, 1908-1986), Sartre dejó huella no solo por su actividad como escritor sino también por su compromiso político con la extrema izquierda.

LA NÁUSEA

LA NOVELA DEL EXISTENCIALISMO

- **Género:** novela filosófica
- **Edición de referencia:** Sartre, Jean-Paul. 2008. *La náusea*. Traducido por Aurora Bernárdez. Buenos Aires: Losada
- **Primera edición:** 1938
- **Temáticas:** existencialismo, extrañeza, visión del mundo, absurdidad, sociedad, arte

La náusea es una novela filosófica publicada por Jean-Paul Sartre en 1938. Esta obra, que es el origen de su fama, fue aplaudida por todo el mundo en el ámbito de las letras.

Fruto de ocho años de escritura, *La náusea* desarrolla la filosofía existencialista de Sartre bajo la forma de un diario íntimo ficticio. Antoine Roquentin, narrador y protagonista de la novela, cuenta, a medida que pasan los días, el sentimiento de extrañeza e impotencia que lo invade de cara a una existencia que descubre inútil e irracional. El personaje se siente de más en un mundo que le provoca la Náusea, donde todo nace sin razón, sin necesidad, y existe en sí mismo. En esta obra, Sartre rechaza las ideas recibidas afirmando que «la existencia precede a la esencia».

RESUMEN

En Bouville, un pueblecito francés, Antoine Roquentin, un joven solitario, redacta unas memorias sobre el marqués de Rollebon, un aristócrata del siglo XVIII. Roquentin, entrado en los treinta, vive de las rentas tras haber dejado atrás una vida de vagabundeo y un empleo en Indochina. Lo que él pensaba que sería una aventura lo ha cansado de repente, así que vuelve a su país natal para vivir una existencia de intelectual aislado. Ahí, observa el mundo y presta atención a lo más mínimo de entre las cosas que le rodean.

Un día, Antoine Roquentin vive una experiencia que le impresiona y le fascina: bruscamente, el mundo se convierte para él en algo extraño. Al recoger un canto rodado a la orilla del mar, se da cuenta de que las cosas han cambiado o, al menos, la percepción que él tiene de ellas. Tiene la sensación de que de repente los objetos están dotados de vida propia: los ve moverse y existir. ¿Consiste esta nueva visión del mundo en una toma de consciencia o en una crisis de locura?

El propio Antoine lo duda y esto es lo que le lleva a escribir un diario, *La náusea*, en el que transcribe hasta la más mínima de sus experiencias, de forma dispar y fragmentada:

> «Lo curioso es que no estoy nada dispuesto a creerme loco; hasta veo con evidencia que no lo estoy: todos los cambios conciernen a los objetos. Por lo menos, quisiera estar seguro de esto. [...] Acaso, después de todo, fue una ligera crisis de locura» (Sartre 2008, 14-15).

El narrador anota sus miedos y sus cuestionamientos. Da cuenta de su sensación de ser rozado por una hoja que recoge o incluso de la impresión de «repugnancia dulzona» (Sartre 2008, 27) que le invade ante los objetos más pequeños cuya existencia siente. Enseguida, su sentimiento de extrañeza se propaga entre la gente. Él mismo, una tarde, no se reconoce cuando se mira en el espejo. Asustado, se dirige a una cafetería, el único lugar en el que se relaja y se siente bien, ya que se integra en una muchedumbre anónima y el ruido y el alcohol lo protegen de las extravagancias del exterior.

Pero la atracción que ejercen sobre él estos nuevos fenómenos es más fuerte que cualquier otra cosa. Abandona la escritura de sus memorias históricas, que de repente se convierten en algo insignificante, para enfrascarse totalmente en la observación de lo que le rodea. Ya no va a la biblioteca a trabajar, sino a mirar a los que pasan tiempo en ella. Así se focaliza en el personaje del autodidacto, un grotesco pasante de notario que tiene la voluntad de leer todas las obras del establecimiento en orden alfabético. El humanismo de este último le repugna: durante una comida en su compañía, no puede evitar espetarle que el mundo es estúpido y que la existencia es inútil, puesto que nadie se da cuenta de la vida de las cosas, de la de los demás, ni siquiera de la suya propia. El universo es absurdo, puesto que su ley absoluta es la existencia gratuita, desprovista de sentido. Y cuando nos damos cuenta del estado de las cosas, la Náusea nos agarra y perdura, hasta que volvemos a cerrar los ojos. Cuando Roquentin a, tiempo más a tarde, que lo expulsan de la biblioteca por pedófilo, su repulsión de cara a la existencia se acrecienta aún más.

En consecuencia, el alejamiento entre Antoine y el resto del mundo se agrava y se intensifica. La absurdidad de la gente le repugna. Los burgueses que se pavonean a la salida de la iglesia o en el museo le desagradan. Rompe con la sociedad, de modo que deja vía libre a sus divagaciones, que le llevan a un estado de pavor y paranoia.

Anny, su querida amiga del alma, experimenta lo mismo que él, pero se niega a reconocer su toma de consciencia. El miedo de su descubrimiento común le hace rechazar la verdad. Según Antoine, ella ya no vive, sino que sobrevive. Su separación es ineluctable. Después de que la joven se vaya a Inglaterra, él decide instalarse en París durante un tiempo. Antes de dejar Bouville, escucha una última vez su disco preferido, *Some of these days*, que le da ganas de realizar una obra de arte, único medio de escapar de la Náusea y de aprehender correctamente lo real. Entonces decide redactar una novela, una aventura que «avergonzara a la gente de su existencia»:

> «Tendría que ser un libro; no sé hacer otra cosa. Pero no un libro de historia; la historia habla de lo que ha existido, un existente jamás puede justificar la existencia de otro existente. Mi error era querer resucitar a M. de Rollebon. Otra clase de libro. No sé muy bien cuál, pero habría que adivinar, detrás de las palabras impresas, detrás de las páginas, algo que no existiera, que estuviera por encima de la existencia. Por ejemplo, una historia que no pueda suceder, una aventura» (Sartre 2008, 289).

ESTUDIO DE LOS PERSONAJES

ANTOINE ROQUENTIN

Antoine Roquentin es el narrador y el protagonista de la novela. *La náusea* es su diario, el cuaderno en el que transcribe sus experiencias y sentimientos. Roquentin tiene unos treinta y cinco años y es un intelectual aislado sumergido en su trabajo de escritura y, después, de observación. Tras haber pasado varios años en Indochina, viajando y buscando aventuras, decide volver a su país de origen: Francia. De vuelta a casa, en Bouville, se enfrasca en la redacción de sus memorias sobre el marqués de Rollebon, antes de comprender que este escrito no tiene ningún interés, ya que no hace más que hablar de la existencia de un hombre, cuando la existencia es injustificable por naturaleza, puesto que todo está provisto de ella sin razón. Extrae esta constatación de una serie de hechos que ha observado y vivido:

- le parece que no puede sujetar un pequeño canto rodado que recoge en la playa, sino que este cobra vida y movimiento propios por el tacto de la mano de quien se agacha a agarrarlo;
- una hoja de papel lo roza cuando la coge, como si la intención viniera de ella y no de él;
- una raíz a la que observó durante un largo rato ya carece de nombre en su memoria. Intenta nombrarla, pero no lo consigue;
- su propio reflejo, al que admira frente a un espejo, le resulta extraño. No es él, es una imagen animada de su propia existencia.

Las personas no se dan cuenta ni de su propia existencia ni de la de los demás. Viven en la superficialidad y la estupidez, cierran los ojos ante lo que les rodea para que no les coja la Náusea. Se asustarían de su propia inutilidad, igual que de su absurdidad. Tan solo el arte permite alcanzar una verdad pura y apaciguadora, no hablando de lo que existe, sino tratando lo que no existe, lo que no es nada más que ficción.

EL AUTODIDACTO

Es un pasante de notario que pasa la mayor parte del tiempo en la biblioteca de Bouville. Apasionado de la lectura, se embarca en el asombroso proyecto de devorar todas las obras del establecimiento por orden alfabético. Su omnipresencia en el lugar en el que Antoine investiga para sus memorias llama la atención de este último, que desatiende su trabajo para sumergirse en la observación del extraño personaje:

- su absurdidad es general, lo que define su propósito extremo de bibliófilo, su necesidad irreprimible de pasar todo el tiempo en la biblioteca, pero también su forma de mirar a la gente. Según Antoine, su humanismo es risible;
- humanista e ingenuo en la superficie, el autodidacto manifiesta benevolencia y buena voluntad a ojos de los demás (a los que Antoine llama «los cochinos»);
- hipócrita, sus actos manifiestan intenciones mucho menos nobles: lo excluyen de la biblioteca por pedófilo;
- lo privan así de lo que le es más preciado: su necesidad compulsiva de aprender.

ANNY

Anny es una gran amiga de Antoine, además de su expareja. Cuando este vuelve a verla en Bouville, piensa que pueden reanudar la relación, pero rápidamente se da cuenta de que su deseo no se hará realidad. Ella lo rechaza del mismo modo que rechaza su «descubrimiento» común. Quiere deshacerse a cualquier precio de la Náusea que la ha invadido ante su observación de una existencia fútil y un mundo extraño. Vive en la oscuridad, con los ojos cerrados a la realidad del mundo: sobrevive, asustada por lo que ha visto. Así, se burla de Antoine antes de cerrarle su puerta y abandonarlo definitivamente para irse a Inglaterra:

> «Anny se echa a reír.
> —¡Pobre! No tiene suerte. La primera vez que interpreta bien su papel, nadie se lo agradece. Vamos, vete» (Sartre 2008, 252).

CLAVES DE LECTURA

LA EXISTENCIA PRECEDE LA ESENCIA

En *La náusea*, el existencialismo de Jean-Paul Sartre se expresa con fuerza. El autor afirma así que la existencia precede a la esencia: el hombre existe antes de ser, ya que todo lo que existe es creado sin razón. Después le toca a cada uno determinar su esencia, es decir, quién es, a través de sus actos. Aunque la existencia posee un carácter sombrío y negativo debido a su artificialidad y al horror que se apodera de quien comprende este aspecto, la esencia está asociada a una especie de elevación purificante que diferencia cada ser. Existencia y esencia son así dos conceptos opuestos según Sartre: el primero concierne a todo lo que es material, primitivo y general, mientras que el segundo atañe a lo inmaterial y hace de cada uno una unidad diferenciada.

Cuando Roquentin toma consciencia de la existencia del mundo, detectando en una simple raíz una serpiente muerta que existe en sí misma, asocia su toma de consciencia con una caída, un descubrimiento del infierno en la Tierra. En cambio, cuando, al final de la novela escucha su melodía de jazz favorita, alcanza la esfera inmaterial y apaciguadora de la música: la melodía no existe, es.

«Él no existe. Hasta es irritante; aunque me levantara y arrancara el disco del platillo que lo sostiene y lo rompiera en dos, no lo alcanzaría. Está más allá, siempre más allá de algo, de una voz, de una nota de violín. A través de espesores y espesores de existencia, se descubre, delgado y flexible, y cuando uno quiere atraparlo, sólo encuentra existentes,

La búsqueda de Antoine Roquentine, la que habita en él durante toda la novela, no es otra cosa que el deseo de alcanzar esta esfera incorporal de la esencia. A lo largo de sus reflexiones, no ha parado de tropezar con este miedo que le infligía la existencia primaria y común a todas las cosas. Escuchando ese fragmento musical, se libera y comprende que tendrá que reconstruir su esencia él mismo. La alcanzará por medio del arte, que permite desprenderse de las realidades materiales.

UNA TOMA DE CONSCIENCIA HORRIBLE: METAMORFOSIS Y DESCOMPOSICIÓN

Cuando Antoine Roquentin toma consciencia de la existencia de las cosas, descubre la cara monstruosa de la realidad. Aunque los objetos, las plantas, las cosas más insignificantes existen, su existencia propia se parece a la de un microbio o a la de un animal. Sartre crea el lazo entre el término «existir» y las sustancias orgánicas, viscosas y repulsivas, que generalmente se asocian con él. Cuando Antoine se da cuenta de su existencia, la describe así:

porquería pegajosa, pero ella resistía» (Sartre 2008, 221-222).

La existencia, el simple hecho de estar ahí, de la forma más concreta y más vilmente material posible. Un vocabulario oscuro y negativo sirve entonces para describir este «estar ahí» repugnante y aterrador. El narrador ve así cómo algunas partes de su cuerpo se transforman en animales dotados de movimiento propio:

> «Existo. [...] Veo mi mano que se extiende en la mesa. Vive, soy yo. Se abre, los dedos se despliegan y apuntan. Está apoyada en el dorso. Me muestra su vientre gordo. Parece un animal boca arriba. Los dedos son las patas. Me divierto haciéndolos mover muy rápido, como las patas de un cangrejo que ha caído de espaldas. El cangrejo está muerto, las patas se encogen, se doblan sobre el vientre de mi mano. [...] Mi mano se vuelve, se extiende boca abajo, me ofrece ahora el dorso. Un dorso plateado, un poco brillante, como un pez» (Sartre 2008, 165).

El temor que se apodera del protagonista de la novela de cara a la existencia de los objetos se traduce con fuerza en el pasaje en el que observa la trasformación de una banqueta, que de repente percibe como existente: «Apoyo la mano en el asiento pero la retiro precitadamente: eso existe»:

> «La cosa sigue como es, con su felpa roja, y millares de patitas rojas al aire, rígidas, millares de patitas muertas. Este enorme vientre al aire, sangriento, inflado, tumefacto, con todas sus patas muertas, vientre que flota en este coche, en este cielo gris, no es una banqueta. Lo mismo podría ser un asno muerto, por ejemplo, hinchado por, [sic] el agua, flotando a la deriva, con el vientre al aire en un gran río gris,

en un río de inundación; y yo estaría sentado en el vientre del asno y mis pies se mojarían en el agua clara» (Sartre 2008, 206-207).

PISTAS PARA LA REFLEXIÓN

ALGUNAS PREGUNTAS PARA PROFUNDIZAR EN SU REFLEXIÓN...

- Justifique el título de la novela.
- ¿En qué momento Antoine Roquentin toma consciencia realmente de lo que le provoca la Náusea? ¿Qué es lo que entiende exactamente?
- ¿Qué lugar esencial le reserva Sartre al arte? ¿Por qué posee una fuerza salvadora según él?
- Dé cinco ejemplos de fenómenos observados por el protagonista de la novela que le lleven a su conclusión sobre la existencia.
- La novela se construye como un diario. ¿Sigue una cronología exacta y verificable o está basado en una indeterminación temporal? Justifique cómo el sistema temporal de la historia participa en el razonamiento filosófico del autor.
- *¿La náusea* solo puede calificarse como novela filosófica? Si su respuesta es afirmativa, justifíquelo. Si no lo es, ¿con qué otros géneros se relaciona también y por qué?
- ¿Por qué fases psicológicas pasa el protagonista de la novela? Muestre cómo siguen la evolución de su pensamiento filosófico.
- Muestre cómo el estilo del autor va acorde a su reflexión teórica. ¿Es rígido y clásico o espontáneo y fragmentado?
- Sartre utiliza ampliamente el campo léxico de las sensaciones en *La náusea*. Exponga, para cada uno de los cinco sentidos, dos ejemplos de su presencia léxica en el texto.
- Cite a un escritor existencialista que haya seguidos los

pasos de Jean-Paul Sartre. Explique en pocas palabras las similitudes y diferencias que existen entre sus respectivas teorías.

PARA IR MÁS ALLÁ

EDICIÓN DE REFERENCIA

- Sartre, Jean-Paul. 2008. *La náusea*. Traducido por Aurora Bernárdez. Buenos Aires: Losada.

ESTUDIOS DE REFERENCIA

- Deguy, Jacques. 1993. *La Nausée de Jean-Paul Sartre*. París: Gallimard, colección *Foliothèque*.
- Van Buuren, Maarten. 2007. "Être et exister: le cas de *La Nausée*". *Relief*. Junio. Consultado el 27 de septiembre de 2016. https://www.revue-relief.org/articles / abstract/10.18352/relief.38/

EN RESUMENEXPRESS.COM

- Guía de lectura de *A puerta cerrada* de Jean-Paul Sartre.
- Guía de lectura de *Las manos sucias* de Jean-Paul Sartre.
- Guía de lectura de *Las palabras* de Jean-Paul Sartre.
- Guía de lectura de *Las moscas* de Jean-Paul Sartre.
- Guía de lectura de *El existencialismo es un humanismo* de Jean-Paul Sartre.
- Guía de lectura de *¿Qué es la literatura?* de Jean-Paul Sartre.

ResumenExpress.com

Muchas más guías para descubrir tu pasión por la literatura

www.resumenexpress.com